<u>Verschmitzte Weihnachten III</u>

Sprechende Dominosteine? Ein
Jesuskind, das verschwunden
ist und ein Christkind, das nicht
erscheint? Gibt es nicht? Doch!
Gibt es!

In der dritten Ausgabe von

VERSCHMITZTE
WEIHNACHTEN

erwarten Sie neue und
amüsante Kurzgeschichten, die
Sie überraschen und unterhalten
und vielleicht sogar zum
Vorlesen motivieren werden.

Zweitauflage der Geschichten
aus dem blauen Buch

Inhalt

Auf dem Weg nach Betlehem

Sie waren bereits seit einigen Tagen unterwegs auf dem Weg nach Betlehem. Maria tat bereits der Rücken weh, weil sie auch heute schon wieder viele Stunden auf dem Rücken des Esels saß.

Josef ging geduldig neben dem Esel her. "Blöde Volkszählung! So ein weiter Weg nur wegen der Bürokratie", jammerte er.

"Ach, Josef, gedulde dich", sagte Maria, "wir sind ja bald da." Doch dann wurde sie nachdenklich.

Josef, der Maria gut kannte, beobachtete sie. Dann sagte er: "Was ist los mit dir? Du wirkst in letzter Zeit so verschlossen."

Maria erschrak. Sollte sie es Josef endlich sagen? Bisher hatte sie den Mut noch nicht aufbringen können. Aber er musste *ES* unbedingt erfahren noch bevor sie in Betlehem ankommen würden.

"Ähm, Josef...", setzte sie an, "es gibt da noch etwas, das ich dir sagen muss." Maria wurde rot.

"Was denn?", fragte Josef neugierig. "Sag mir jetzt bitte nicht, dass wir etwas in Nazareth vergessen haben und wieder zurückgehen müssen."

"Nein, nein!", erwiderte Maria. "Es ist nur...", sie zögerte, bevor sie weiter sprach, "es ist nur, als ich sagte, dass *WIR* uns zählen lassen müssen, ging es um mehr."

"Um mehr?", fragte Josef. "Wie soll ich das denn verstehen?"

Maria schaute ihn ernst an. "Na ja, es geht um *viel* mehr."

Josef spürte, wie sich ihm der Hals zuschnürte. "Maria, würdest du bitte Klartext reden?", sagte er mit Nachdruck.
"Nun", sagte Maria, "ich bin

schwanger". Sie holte tief Luft. Endlich war es ausgesprochen.

Josef erstarrte und blieb stehen. Der Esel bockte erschrocken und Maria wäre fast aus dem Sattel gerutscht. "Was?", schrie Josef. "Wieso? Warum? Aber wir haben doch gar nicht…! Sag mir sofort, wer der Vater des Kindes ist! Wenn ich den Kerl erwische!"

"Es ist ein Wunder!", sagte Maria beschwichtigend, aber ihr war gleich klar, dass es für Josef albern klingen musste.

"Ach! Ein Wunder!", protestierte dieser. "Wie soll ich das denn verstehen? Es scheint eher ein Wunder zu sein, dass ich davon erfahre." Josef wurde wütend.

"Nein, Josef, sei bitte nicht böse, es ist nichts irdisches, was geschehen ist. Und ich war auch nicht mit einem anderen Mann zusammen. Glaube mir bitte!"

"Das soll ich dir glauben?", fragte

Josef. "Ich bin zwar nicht der Aufgeklärteste, aber ich lasse mich auch nicht für dumm verkaufen." Er stampfte mit dem Fuß auf. "Schwanger, ohne dass du mit einem Mann zusammen warst? Das ist doch albern! Das kannst du jemand anderem erzählen. Wer war es? Los, sag schon!"

Maria kletterte vom Esel herunter und fuhr fort: "Es ist wirklich so, wie ich es sage. Dank einer himmlischen Fügung wurde ich dazu bestimmt, einem Heiland das Leben zu schenken."

"Heiland?", blaffte Josef. "Was ist ein Heiland? Denkst du, du kannst mir alles erzählen?" Josef war puterrot angelaufen. Er schüttelte den Kopf und es fiel ihm schwer, die Beherrschung zu bewahren. "Maria, um Himmels Willen, sage mir endlich, wer der Vater des Kindes ist. Mit wem warst du zusammen? Und was ist ein Heiland? So etwas gibt es in Nazareth nicht! Wir haben einen Schmied, einen Kürschner und sogar einen Geldverleiher. Aber doch keinen Heiland! Ist das einer von den neu Zugezogenen? Oder hat dir der neue Nachbar nachgestellt?" Josef verschränkte beide Arme vor seiner Brust.

Maria versuchte, ihn zu besänftigen. "Josef, mein Mann, der Vater des Kindes wohnt nicht in unserem Dorf und auch nicht im Nachbardorf. Ich hatte eine Erscheinung in der Nacht und von da an wusste ich..."

"Eine Erscheinung...", wiederholte Josef belustigt. Aber irgendwie hatte er das Gefühl, auch so etwas wie eine Erscheinung gehabt zu haben, die er aber für einen merkwürdigen Traum gehalten hatte.
"Ja, ich hatte eine Erscheinung", fuhr Maria fort, "und in jener Nacht wurde mir kund getan, dass ich einen Heiland gebären würde. So war es und nicht

anders!" Maria war jetzt auch wütend geworden. "Man könnte auch sagen, dass ich eine Art König bekommen werde."

Josef stutzte. "König?", fragte er dann wie beiläufig. "Du meinst, so richtig mit Krone und Reichtümern und alle hören auf das, was er sagt?"

Maria sah ihre Chance gekommen: "Ja, so könnte man es auch ausdrücken. Die Krone wird man vielleicht nicht sehen, die wird er wohl eher im Herzen tragen, aber er wird reich an Güte sein und viele Menschen werden seinen Worten folgen!" Gespannt sah sie Josef an.

Dieser grübelte. Das, was Maria gerade gesagt hatte, war zwar nicht eindeutig zu verstehen, aber irgendwie klang es doch gut und vielleicht müsste er dann nicht mehr als Tischler arbeiten. Josef schien sich zu beruhigen. "Also, wenn das so ist, Maria", sagte er dann, "dann werde ich vielleicht noch mal ein Auge zudrücken und wir werden den Heiland gemeinsam groß ziehen. Ich will ja kein Unmensch sein und vielleicht haben wir ja alle etwas davon."

Maria atmete erleichtert auf.

Dann hob Josef Maria wieder auf den Rücken des Esels und beide machten sich wieder auf den Weg nach Betlehem.

Sie redeten zunächst nicht viel, doch hin und wieder hörte Maria Josef leise vor sich her sagen: "Und wehe, der Heiland sieht dem Nachbarn ähnlich, dann ist was los!"

Besuch auf der Erde

"Ich werde mich heute unter die Menschen mischen!", sagte der blonde Engel zu seinem besten Freund.

"Geh nicht!", sagte dieser. "Stell dir vor, die Menschen erkennen dich. Was willst du dann tun? Das ist viel zu gefährlich!"

Die anderen Engel, die bei ihnen standen, nickten zustimmend. Auch sie waren dagegen, dass der blonde Engel am helllichten Tag auf die Erde wollte.

"Du musst uns nichts beweisen", sagte einer der Engel.

"Ich will euch nichts beweisen", erwiderte der blonde Engel, "ich will mir die Menschen nur einfach mal aus der Nähe und am helllichten Tag anschauen. Nie bekommt man einen Menschen mal so richtig zu Gesicht. Wir sehen sie immer nur von oben und dann sehen sie aus wie

Stecknadelköpfe." Die Engel lachten. Da hatte der blonde Engel wirklich recht. Aber deswegen ein so hohes Risiko eingehen?

"Ich muss nur ganz unauffällig sein", sagte der blonde Engel. "Ich ziehe mir einen langen Mantel über, damit man meine Flügel nicht sieht und dann natürlich einen Hut, damit mein Heiligenschein verdeckt wird. Die Sachen habe ich letztes Jahr an Weihnachten von der Erde mitgebracht." Er lief rot an - jetzt hatte er sich verraten. Eigentlich war es verboten, etwas von der Erde mitzunehmen. Aber darum ging es ja jetzt nicht.

Er zog den Mantel an und setzte den Hut, der leider etwas zu klein war, auf und noch ehe die anderen Engel so richtig verstanden hatten, was los war, hatte sich der blonde Engel bereits auf den Weg zur Erde gemacht.

Kurze Zeit später war er dort unbemerkt angekommen und schob sich langsam an einer Hauswand entlang. Vorsichtig schaute er um die Häuserecke.

Der Engel erstarrte und das Blut pochte in seinen Adern. Da waren sie: Menschen! Die ganze Straße war voll. Es war noch immer Winter und die Straße wirkte grau und dunkel und trotzdem waren sehr viele Menschen unterwegs.

Blitzschnell zog sich der Engel wieder hinter die Häuserecke zurück. Sein Herz schien zu stolpern. "Mist!", sagte er zu sich selbst. "Auf was habe ich mich da nur eingelassen?" Er zögerte kurz, nahm aber dann wieder seinen ganzen Mut zusammen, richtete sich gerade auf und ging einfach los. Anfangs noch sehr unsicher, blickte er sich ständig nervös um. Doch niemand schien ihn wahrzunehmen. Ein wenig erleichtert versuchte er, sich dem Tempo der Vorbeigehenden anzupassen. "Nur nicht auffallen", sagte er leise zu sich selbst.

Plötzlich erschrak der Engel kurz - hatte ihn soeben ein älterer Mann angestarrt? Der dort hinten mit dem merkwürdigen Hut? Nein, er war wohl einfach nur zu nervös. Der blonde Engel hoffte, dass sich seine Aufregung bald legen würde.

Ohne weitere Verzögerungen reihte er sich nun in die flanierende Menschenmenge ein und ließ sich mit dem Menschenstrom treiben. "Aus der Nähe sehen die Menschen schon komisch aus", dachte er sich dann und musste grinsen. "Und was für eine seltsame Kleidung manche tragen… Vom Himmel aus gesehen sah das immer ganz anders aus."

Er konnte es selbst kaum glauben, was er gerade tat: Er befand sich in einer Fußgängerzone und flanierte inmitten einer Masse von Menschen. Aber er zwang sich, nicht übermütig zu sein - zu groß war die Gefahr, entdeckt zu werden. Und wer weiß, was dann passieren würde.

"Ich würde mir die Menschen ja gerne mal genauer in Ruhe ansehen", dachte sich der Engel dann und schaute sich um. Dann hatte er eine Idee. Zielstrebig steuerte er auf das große Schaufenster eines Geschäftes zu und blieb dort eine Weile vor der Schaufensterscheibe stehen. In dieser spiegelten sich die vorübergehenden Menschen und der Engel konnte sie in Ruhe beobachten.

Manche Menschen liefen Hand in Hand oder hatten sich untergehakt. Einige andere schlenderten gemächlich durch die Fußgängerzone, andere wiederum hasteten regelrecht an ihm vorbei.

Der Engel musste lachen,

soeben kam eine ganze Gruppe von Menschen an ihm vorbei und sie hatten alle die gleiche Kleidung an. Auf solche Ideen konnten wirklich nur die Menschen kommen. Doch dann stutzte er. Die anderen Engel und er trugen doch auch alle das gleiche Gewand. Das hatte er ganz vergessen. "Wir scheinen uns ja gar nicht so viel von den Menschen zu unterscheiden", dachte er schließlich.

"Aber wieso tragen so viele Menschen eigentlich Hüte?", fragte er sich dann, aber die Antwort lag wohl klar auf der Hand. Schließlich war es noch Winter und da war das ja ganz normal. Aber er war fest der Meinung, dass es mit Sicherheit schönere Hüte auf der Erde geben würde als die, die er im Moment zu sehen bekam. Und was die Kleidung anbetrifft, na ja, dachte er sich, da kann man halt geteilter Meinung sein. Vielleicht war er aber auch nur verwöhnt, da die Engel ja nur schöne

Gewänder trugen. Übertrieben fand er, wie manche Menschen sich geschminkt hatten. Nein, das war wirklich nicht gut. Da fand er seine elfenbeinfarbene, blasse und klare Hautfarbe doch wesentlich besser. Er musste grinsen - sein Ausflug machte ihm jetzt großen Spaß.

Er beschloss, weiterzugehen, reihte sich wieder in die vorübergehende Menschen-menge ein und ließ sich mit dieser weiter treiben.

Und dann geschah, was geschehen musste: Ein kleines Mädchen, das ihm entgegen kam, starrte ihn hemmungslos an. Abrupt blieb es stehen und schrie seiner Mutter, die bereits ein paar Schritte weitergegangen war, hinterher: "Mama, guck mal! Ein Engel!"

Der Engel zuckte zusammen - er hatte nicht bemerkt, dass ihm der Hut heruntergefallen war und dass man nun seinen

Heiligenschein sehen konnte.

Die Mutter blieb stehen, drehte sich zu ihrem Kind um und rief es zu sich. Dann rief sie: "Tatsächlich! Ein Engel!" Sie lachte laut und zeigte mit dem Finger auf ihn. Langsam ging sie auf den Engel zu.

Diesem wurde ganz mulmig zumute und er suchte verzweifelt nach einer Möglichkeit, zu verschwinden.

Doch dann blieben immer mehr und mehr Menschen stehen und starrten den Engel an. Die Menschen bildeten jetzt regelrecht einen Kreis um ihn und es gab keine Möglichkeit mehr, zu flüchten.

"Der sieht ja aus wie echt", hörte der Engel eine Frau sagen.

Dem blonden Engel brach der Schweiß aus. Er war nicht in der Lage, auch nur ein Wort hervorzubringen. Schweigend und verängstigt starrte er die um ihn herumstehende Menschenmenge an.

"Wie hat er nur den Heiligenschein festgemacht?", fragte ein Kind seine Mutter. "Man sieht ja gar keinen Draht."

Die Herumstehenden betrachteten den Engel ausgiebig und kritisch. Stimmt, einen Draht konnten sie nicht entdecken. Das fanden die Menschen doch sehr merkwürdig. Und diese feinen Gesichtszüge... und wie das Gesicht leuchtete... Einige Menschen traten bedrohlich nah an den Engel heran und dem Engel wurde ganz heiß, als die Menschenmenge ihn so anstarrte. Was sollte er nur tun? Und wie sollte er aus dieser Situation wieder herauskommen? Verzweifelt suchte er nach einem Fluchtweg.

Doch plötzlich lachte ein junger Mann: "Nicht schlecht! Tolle Verkleidung!", rief er und applaudierte.

Kurz darauf applaudierten auch die anderen Menschen und die Situation entspannte sich wieder. Der Engel atmete tief durch und lächelte verlegen.

Nur wenig später löste sich der Kreis der Herumstehenden wieder auf und jeder ging wieder seiner eigenen Wege.

Der blonde Engel sackte in sich zusammen. "Ich muss schnell wieder nach Hause", dachte er sich und lief so schnell er konnte in die nächste Seitenstraße.

Als er wieder bei seinen Freunden im Himmel angekommen war, erzählte er aufgeregt, was er alles erlebt hatte und die anderen konnten es kaum glauben.

"Und sie haben wirklich applaudiert?", fragte sein bester Freund, als der blonde Engel seine Geschichte beendet hatte.

"Ja!", sagte der blonde Engel, "ich kann mir das auch nicht erklären. Das ist wohl gar nicht so ungewöhnlich, dass sich ein Engel auf der Erde aufhält", ergänzte er noch und zog ratlos die Schultern nach oben.

Lange diskutierten die Engel noch über das Erlebte, aber niemand kam auf die Idee, auf einen Kalender zu schauen. Sie hatten alle völlig vergessen, dass gerade Fasching war und da wundert sich auf der Erde wirklich niemand darüber, dass ein Engel in einer Fußgängerzone spazieren geht.

Das Verbot

"Was macht der denn da?", fragte die Schokoprinte, als ihr Blick durch den Raum glitt.

Die Familie hatte sich im Esszimmer zum weihnachtlichen Abendessen zusammengefunden und genoss die Köstlichkeiten, die auf dem Esstisch standen.

"Wen meinst du denn?", fragte der Dominostein neugierig. Er konnte nichts Ungewöhnliches im Zimmer entdecken.

"Na, den Kerl dort hinten." Die Schokoprinte zeigte Richtung Essecke.

"Das ist ja unglaublich!", empörte sich der Dominostein sofort und stimmte der Schokoprinte zu. "Besonders rücksichtsvoll ist der gerade nicht."

Der Lebkuchenmann, der sich ganz in der Nähe der beiden

befand, schüttelte den Kopf. Er hatte dem Gespräch der Schokoprinte und des Dominosteins gelauscht, aber von seiner Position im Weihnachtsteller aus konnte er nichts sehen.

"Ich habe gehört, dass es sogar ein Gesetz gegen dieses Verhalten gibt", sagte die Schokoprinte und schaute dabei sehr wichtig drein.

Der Lebkuchenmann betrachtete die Schokoprinte erstaunt. Schokoprinten waren immerhin dafür bekannt, dass sie manchmal Dinge erzählten, die nicht immer der Wahrheit entsprachen. Und diese Schokoprinte schien sich besonders gern interessant zu machen.

"Ein Gesetz dagegen? Woher weißt du davon?", wollte der Dominostein wissen.

Die Schokoprinte räusperte sich:

"Neulich im Supermarkt, als ich noch im Regal stand, haben sich zwei Menschen darüber unterhalten. Und ich bin ganz sicher, dass sie gesagt haben, dass es ein Gesetz dagegen gibt." Sie schaute in Richtung Essecke. "Der hört gar nicht auf", sagte sie empört und schaute den Dominostein an. "Dass die Familie da nicht einschreitet ist ja unglaublich. Da muss man doch etwas tun können. Aber wie sollen wir an den Kerl herankommen? Aus unserem Teller können wir nicht heraus."

"Hey du!", rief die Schokoprinte in Richtung Essecke. "Wie kommst du dazu, die Familie so zu belästigen? Das ist verboten!"

Nichts passierte.

"Hey du! Ich spreche mit dir!", rief er noch mal laut und der Dominostein rief hinterher: "Wir wissen, dass du uns hörst!" Er nickte der Schokoprinte verschwörerisch zu und flüsterte:

"Der legt uns nicht rein."

Doch die beiden bekamen noch immer keine Antwort.

"Vielleicht sind wir doch zu leise", sagte die Schokoprinte. "Unsere Stimmen sind zu schwach. Wir brauchen Hilfe." Sie schaute sich um, bis ihr Blick auf dem Lebkuchenmann hängen blieb. Dann stieß sie den Dominostein an. "Wenn einer eine laute Stimme hat, dann ist es der Lebkuchenmann." "Du hast recht. Den fragen wir."

"Hallo Lebkuchenmann, wir benötigen deine Hilfe", sagten sie zu dem Lebkuchenmann und erzählten ihm die ganze Geschichte.

Dem Lebkuchenmann wurde etwas mulmig zumute und er zögerte eine ganze Weile. Außer dem Gespräch der beiden hatte er ja nicht viel mitbekommen. Aber schließlich ließ er sich überreden und sagte seine Hilfe zu. Immerhin lagen sie alle in einem Teller und da war helfen Ehrensache. Und schließlich brauchte er ja nur das Sprechen zu übernehmen. Was konnte daran schon falsch sein?

"Hey du!", rief der Lebkuchenmann so laut er konnte. "Antworte gefälligst!"

"Meint ihr mich?", ertönte eine Stimme zögerlich aus der Essecke.

"Ja! Wir reden mit dir!", rief der Lebkuchenmann. "Wenn du zum Sideboard guckst, kannst du uns sehen."

"Ah! Da seid ihr ja. Was gibt`s denn? Was kann ich für euch tun?"

"Sag ihm, dass sein Verhalten verboten ist", flüsterte die Schokoprinte dem Lebkuchenmann zu.

"Dein Verhalten ist verboten!",

rief der Lebkuchenmann und die Schokoprinte und der Dominostein nickten zustimmend.

"Was denn? Was ist verboten?", kam die Frage zurück.

Jetzt fühlte sich die Schokoprinte wieder in ihrem Element und rief mit lauter und eindringlicher Stimme: "Das Rauchen in einem Raum, in dem Menschen Speisen zu sich nehmen, ist verboten!"

Das musste der Kerl aber jetzt gehört haben, dachte sich die Schokoprinte und schaute den Lebkuchenmann überheblich an. "Dem habe ich es aber gezeigt", flüsterte sie ihm zu. "So ähnlich hat der Mensch im Supermarkt das nämlich auch gesagt", ergänzte sie noch und der Dominostein stimmte zu, obwohl er damals im Supermarkt gar nicht dabei gewesen war.

Aus der Essecke war kein

Geräusch zu vernehmen.

"Hast du das gehört?", rief der Lebkuchenmann. "Verteidige dich!"

"Aber ich mache das immer so", kam die Antwort aus der Essecke.

"Immer so! Immer so! Was ist das denn für eine Aussage?", riefen die Schokoprinte und der Dominostein fast gleichzeitig. "ES IST VERBOTEN!"

"Oder hast du etwa eine Sondergenehmigung?", rief der Lebkuchenmann und lachte. Jetzt machte ihm die Angelegenheit fast schon Spaß.

Wieder war kein Geräusch aus der Essecke zu vernehmen. Dann räusperte sich die Stimme in der Essecke und sagte: "Ja, vielleicht! Vielleicht habe ich eine Sondergenehmigung. Immerhin bin ich ein Räuchermännchen und die Menschen stellen mich dann auf, wenn sie möchten, dass ich rauche. Sie mögen nämlich meinen Duft. Reicht das als Sondergenehmigung aus?"

Der Lebkuchenmann schluckte und wurde rot und die Schokoprinte und der Domino-stein schauten verlegen drein.

"Ja, äh, dann gilt das Verbot wohl eher nicht für dich", rief der Lebkuchenmann entschuldigend und schaute die Schokoprinte und den Dominostein böse an. Er ärgerte sich nun über sich selber. Wie hatte er sich nur zu so etwas anstacheln lassen können? Zu helfen war sicherlich nicht falsch, aber er nahm sich fest vor, sich in Zukunft selbst davon zu überzeugen, mit wem er es zu tun hatte, bevor er sich von jemandem als Sprachrohr einsetzen ließ. Und von der Schokoprinte und dem Dominostein wollte er sich lieber fernhalten. Die schienen keine gute Gesellschaft für ihn zu sein.

Das vermeintliche Christkind

"Fertig!", rief die achtjährige Moni. "Mama, die Kerze ist aus!" Moni sprang von ihrem Stuhl im Esszimmer und rannte zur Küche. "Mama! Mama! Die Kerze ist aus! Die Kerze ist aus!" Moni war ganz außer Atem und kaum hatte sie sich etwas beruhigt, hörte sie ein Geräusch. Endlich! So schnell sie konnte, rannte sie zum Wohnzimmer, riss die Tür auf und starrte in den weihnachtlich dekorierten Raum. Sie blickte sich gründlich um, aber im Wohnzimmer hatte sich nichts verändert. Enttäuscht schloss Moni wieder die Tür.

Sie blieb noch eine Weile in der Diele stehen und dachte nach. Dann spurtete sie zurück in die Küche. Hatte sie denn hier etwas übersehen? Nein, hier war alles noch genauso wie vorher und auch ihre Mutter, die Moni fragend anschaute, stand noch immer dort am Küchenschrank und prüfte, was sie für das

Weihnachtsessen alles einkaufen musste.

Dann rannte Moni wieder los und diesmal war das Kinder-zimmer ihr Ziel. Schnaufend und mit einem Ruck riss sie die Tür auf. Nichts! Moni schaute sich um. Wirklich nichts! Das konnte doch nicht sein. Zur Sicherheit öffnete sie noch hastig die Tür ihres Kleiderschrankes und auch die ihres Barbiehauses. Doch auch hier war alles wie gewohnt.

Enttäuscht dachte Moni nach und jetzt schoss ihr ein Gedanke durch den Kopf. Natürlich! Dass sie darauf nicht gleich ge-kommen war!

Sie rannte wieder los. Diesmal in Richtung Wohnungstür. Dort blieb sie stehen, zwang sich, kurz durchzuatmen und öffnete die Tür dann ganz vorsichtig.

Erwartungsvoll starrte sie in das dunkle Treppenhaus. Alles schwarz. Licht! Sie brauchte

Licht! Moni drückte hektisch auf den Lichtschalter und das Treppenhaus wurde hell erleuchtet.

Aber das Treppenhaus war leer. Moni war enttäuscht.

Das konnte doch nicht sein. Mit traurigem Gesicht schloss sie langsam wieder die Wohnungs-tür und seufzte.

"Moni? Ist alles in Ordnung?", rief ihr die Mutter aus der Küche zu.

"Ja, ja", rief Moni zurück. "Alles okay." Mit hängenden Schultern machte sich Moni auf den Weg in die Küche. Dort setzte sie sich auf einen Stuhl und ließ den Kopf hängen.

Ihre Mutter war überrascht. "Was ist denn passiert?", wollte sie wissen. Plötzlich schluchzte Moni. "Das stimmt alles gar nicht", platzte es aus ihr heraus. "Das ist alles gar nicht wahr!" Eine Träne lief ihr über das

Gesicht.

Die Mutter ließ ihre Hausarbeit, mit der sie zwischenzeitlich begonnen hatte, liegen und kniete sich neben Moni auf den Boden. "Was ist nicht wahr? Was stimmt nicht?"

"Das Gedicht stimmt nicht", erwiderte Moni.

"Welches Gedicht stimmt nicht?", wollte die Mutter wissen.

"Advent, Advent, ein Lichtlein brennt. Erst eins, dann zwei, dann drei, dann vier, dann steht das Christkind vor der Tür", sagte Moni das Gedicht auf. "Und jetzt sind alle Kerzen abgebrannt und ich habe überall nachgeguckt und das Christkind ist immer noch nicht da." Sie seufzte schwer. "Das Christkind hat mich bestimmt vergessen."

Die Mutter nahm Moni in den Arm, streichelte ihr über den Kopf und wollte gerade etwas sagen, als es an der Wohnungstür klingelte.

Mutter erschrak und auch Moni wurde es erst etwas mulmig zumute. Aber dann sprang sie auf und rannte so schnell sie konnte aus der Küche. "Es ist da! Es ist da!", rief sie auf dem Weg zur Wohnungstür und juchzte vor Vergnügen.

Dann riss sie die Wohnungstür auf und erstarrte überrascht.

"Du bist das?", fragte sie enttäuscht. "Dich habe ich mir aber ganz anders vorgestellt." Die Enttäuschung auf ihrem Gesicht ließ sich nicht verbergen.

Zwischenzeitlich war die Mutter an der Haustür angekommen. Sie lachte.

Herr Meyer, der örtliche Postbote, schaute die Mutter fragend an und drückte ihr dann ein kleines Päckchen in die

Hand. "Für Moni", sagte er noch kurz und ging Kopf schüttelnd die Treppen wieder hinunter.

Moni schaute auf. "Ein Päckchen? Für mich?" Moni freute sich, riss ihrer Mutter das Päckchen aus den Händen und lief so schnell sie konnte in ihr Kinderzimmer. "Eigentlich ist es ja auch egal, wie das Christkind aussieht. Hauptsache, es hat mich nicht vergessen!", rief sie noch, bevor sie in ihrem Kinderzimmer verschwand.

Die Mutter wollte Moni noch hinterher rufen, dass das wohl das Weihnachtspäckchen von Oma wäre, aber ihr war klar, dass Moni sie nicht mehr hören konnte.

Ich glaube, ich lasse ihr erstmal die Freude, dachte sich die Mutter. Immerhin hatte Moni in den letzten Wochen so oft wie nur möglich vor den Kerzen des Adventkranzes gesessen und geduldig darauf gewartet, dass alle Kerzen nach und nach abgebrannt waren. Da wollte sie ihr die Freude mit Omas vorzeitigem Geschenk nun wirklich nicht nehmen. Und irgendwie hatte die Mutter ja auch von Monis Geduld profitiert. Immerhin hatte sie während dieser Zeit ihre Hausarbeit immer in Ruhe erledigen können und Moni war nicht ständig ungeduldig um sie herum gelaufen und hatte permanent gefragt, wann denn das Christkind kommen würde. Vielleicht würde es ja im nächsten Jahr auch wieder so sein. Und das, dachte sich die Mutter erfreut, wäre ja dann wohl wieder ein schönes Geschenk für mich.

Der Irrtum

Vorsichtig verteilte Claudia die schwarze Schminke um ihre Augen und betrachtete sich hierbei prüfend in dem vor ihr hängenden Spiegel. "Hm, das sieht ja schon ganz gut aus", sagte sie zufrieden zu sich selbst. "Als nächstes sollte ich mir Schnurrbarthaare anmalen."

Sie griff nach dem dünnen Kajal-Stift und begann, feine Striche in Höhe der Nase waagerecht nach rechts und links zu ziehen. Hierbei bemühte sie sich, dass die Striche möglichst gleich-mäßig aussahen. "Ja!", sagte sie dann ganz stolz zu sich selbst, als sie hiermit fertig war. "Das wird ja immer besser. So langsam sehe ich schon wie eine Raubkatze aus." Sie knurrte sich selbst im Spiegel an und lachte. "Ich kann sehr zufrieden mit mir sein. Ich verschmelze ja quasi schon mit meiner Rolle. Das wird die beste Aufführung, die das Theater je hatte!", verkündete sie stolz und zwinkerte ihrem Spiegelbild zu. "Ich bin ja so verwandlungsfähig. Ich bin halt ein richtiger Profi." Sie lächelte zufrieden.

Dann blickte sie sich suchend in ihrer Garderobe um: "Wo habe ich denn mein Löwenkostüm hingehängt?" Sie erschrak. "Du liebe Zeit, ich werde es doch nicht im Bus liegen gelassen haben? Aber das kann gar nicht sein!" Etwas panisch geworden sprang sie auf und durchwühlte ihre große Tasche. Manchmal war Claudia etwas kopflos und oft vergaß sie etwas oder hörte nicht richtig hin, wenn man ihr etwas erzählte, aber das schmälerte ihr Selbstbewusstsein nicht im Geringsten. "Puh, hier ist es", atmete sie erleichtert auf, "ich hatte es noch gar nicht rausgelegt. Hätte mich aber auch gewundert, wenn ich es irgendwo vergessen hätte." Sie zog das Kostüm aus der Tasche und legte auch gleich die Löwenmähne mit dazu.

Schnell zog sie ihre Alltags-
kleidung aus, streifte das
Löwenkostüm über und setzte
sich die Löwenmähne auf. "Grrr",
sagte sie, hob eine Hand und
schlug mit dieser nach vorne in
die Luft, so dass es aussah, als
würde sie fauchen. Sie musste
lachen. "Das sieht ja sehr gut
aus!" Zufrieden setzte sie sich
wieder vor den Spiegel und zog
die Löwenmähne zurecht.

Claudia freute sich: "Das sieht
jetzt richtig gut aus. Ich bin schon
ganz gespannt auf die Bühne.
Zum Glück hat das Theater
kurzfristig noch Leute für heute
Abend gesucht. Bald müsste es
ja losgehen!"

Im gleichen Moment klopfte es
an der Garderobentür. "Herein!",
rief Claudia und die Tür öffnete
sich. Sie fühlte sich jetzt wie eine
richtige Diva.

Der Theaterassistent blieb in der
Tür stehen und staunte nicht
schlecht, als er Claudia in ihrem

Löwenkostüm sah. "Das sieht toll aus", sagte er anerkennend, "wie ein richtiger Löwe." Doch dann zögerte er: "Aber wo willst du damit hin?"

Claudia stutzte. "Na, auf die Bühne natürlich. Ich habe doch einen Anruf bekommen, dass ich heute auftreten soll."

"Und in welchem Theaterstück sollst du mitspielen?", fragte der Theaterassistent.

"Na, in *Wilde Christmas* soll ich auftreten", antwortete Claudia.

Der Theaterassistent begann schallend zu lachen. "Das Kostüm sieht ja sehr gut aus", sagte er dann, "aber das Stück heißt nicht *Wilde Christmas*, sondern *White Christmas.* Ich fürchte, hier hast du das Thema verfehlt. *Weiße* Weihnachten sind alles andere als *wilde* Weihnachten", sagte er noch und verließ lachend die Garderobe.

"Das wird die beste Aufführung, die das Theater je hatte", dachte Claudia enttäuscht und seufzte, "aber leider wohl ohne mich."

Der Job

"Guten Tag. Mein Name ist Manfred Meyer. Haben Sie schon einmal darüber nachgedacht, eine Unfallversicherung abzuschließen? Wir hätten da ein sehr gutes…"

"Tut! Tut! Tut!"

"Mist!" Manfred drückte entnervt den Knopf der Telefonanlage, auf dem TRENNEN stand.

"Ich hasse es, wenn die Leute einfach auflegen", sagte er zu seiner Arbeitskollegin.

Diese nickte nur. "Ich kann das auch nicht leiden, aber es lässt sich wohl nicht immer vermeiden. Das können wir nun wirklich nicht beeinflussen. Wir können halt nur so freundlich und verbindlich sein wie möglich." Sie streckte sich auf ihrem Stuhl, weil sie es nicht gewohnt war, so lange zu sitzen.

"Na gut, ein neuer Versuch."

Manfred drückte die nächste Zahlenreihenfolge. Als sich am anderen Ende des Telefons eine Stimme meldete, begann er erneut: "Guten Tag. Mein Name ist Manfred Meyer. Haben Sie schon einmal…" Weiter kam er erst gar nicht. Mit einem lauten Krachen wurde der Hörer auf der anderen Seite wieder aufgelegt.

"Jetzt reicht es mir aber!" Manfred sprang auf, schnaubte heftig und machte sich auf den Weg Richtung Toilette. Er wollte jetzt erstmal in Ruhe heimlich eine Zigarette rauchen.

Seine Arbeitskollegin sah ihm hinterher. "Oh je, der Arme", sagte sie in den Raum hinein. "Er nimmt das immer so persönlich, wenn die Leute auflegen. Aber mir gefällt das auch nicht, mir bei fast jedem Anruf eine Abfuhr zu holen. Wie soll man das denn nicht persönlich nehmen?"

"Ach, Quatsch", konnte man eine Stimme aus dem Hintergrund

vernehmen. "Er kann es einfach nicht leiden, dass ihm keiner zuhören will." Einige Kollegen lachten leise auf.

"Wir müssen uns eben noch etwas an den neuen Job gewöhnen", meldete sich eine andere männliche Stimme. "Es ist ja nur begrenzt auf ein paar Monate", ergänzte er noch. "Das schaffen wir schon."

"Ein toller Job ist das nicht", sagte ein anderer, "aber es gab eben nichts anderes für uns. Wer sollte uns schon einstellen wollen? Wir haben ja gar keine richtige Ausbildung." Die anderen schauten betrübt drein und nickten.

"Ich glaube, ich habe eine Idee", hörte man Manfred sagen, der soeben wieder den Raum betreten hatte.

Er schaute seine Arbeits-kollegen an und setzte sich wieder an seinen Platz. Dann drehte er sich zu den anderen herum: "Na? Habt ihr wieder über mich geredet?"

Seine Kollegen taten so, als hätten sie die Frage nicht gehört, nur seine Kollegin lief rot an und nickte. "Aber auch Allgemeines haben wir besprochen", stotterte sie und begann schnell, die vor ihr stehende nächste Zahlenkombination auf der Telefonanlage zu drücken. Dann sagte sie: "Guten Tag. Mein Name ist Ilonka Müller. Haben Sie schon einmal darüber nachgedacht, eine Unfallversicherung abzuschl...?"

Sofort wurde aufgelegt und Ilonka verzog das Gesicht.

"Ich will nicht mehr!", schrie sie laut auf. "Ich mag diesen Job nicht! Ich suche mir was anderes! Mir reicht es! Ich kündige!"

Ein Kollege stand auf und stellte sich hinter Ilonka, legte ihr beruhigend die Hände auf die

Schultern und sagte: "Maria, reg dich doch nicht so auf." Ilonka drehte sich um. "Du sollst mich doch hier nicht Maria nennen. Wenn die anderen Abteilungen das hören, kommt alles heraus."

"Aber wir sind doch unter uns", sagte der Kollege. "Am Telefon können wir uns ja wieder mit unseren falschen Namen melden."

"Na gut. Du hast ja recht", erwiderte Maria. "Aber jetzt setz dich wieder hin, Josef. Ich muss noch einige Anrufe machen."

Dann schaute sie zu Gabriel alias Manfred Meyer herüber. Dieser hatte soeben wieder eine Nummer gewählt und sprach in den Hörer hinein: "Guten Tag. Mein Name ist Gabriel und ich bin der Erzengel... - Richtig! Gabriel ist mein Name."

Maria stockte der Atem! Hastig sprang sie auf und lief wild gestikulierend auf Gabriel zu.

Dann tat sie so, als würde sie den TRENNEN-Knopf der Telefonanlage drücken wollen. "Leg sofort auf, das darfst du nicht!", sagte sie leise, doch sie hatte keinen Erfolg mit ihrem Protest. Gabriel ließ sich nicht beirren und telefonierte weiter. Auch die anderen Anwesenden protestierten lautlos oder schüttelten nur die Köpfe.

Obwohl sie ganz klar vereinbart hatten, ihre richtigen Namen am Telefon nicht zu nennen oder zu sagen, wer sie wirklich sind, hörten sie, wie Gabriel das Gespräch fortführte: "Ja, richtig! Der aus der Krippe. Genau, der, der den Heiligen Drei Königen den Weg zum Jesuskind gezeigt hat. Richtig! Mit dem weißen Gewand und den Flügeln auf dem Rücken... Bitte?... Ja, wir Engel müssen auch arbeiten. Im Sommer ist die Krippe ja saisonbedingt geschlossen und irgendwie müssen wir uns ja auch unsere Brötchen verdienen." Er lachte kurz auf und es folgte eine kleine Pause. Dann fuhr er fort: "Na klar sind Maria und Josef auch hier. Ja, auch ein paar Hirten. Nein, die Heiligen Drei Könige sind in einem Schnellrestaurant untergekommen."

Wieder eine kleine Pause. Hörte man jetzt ein Lachen auf der anderen Seite? Gabriel nahm das Gespräch wieder auf: "Aber weswegen ich Sie anrufe, benötigen Sie zufällig eine Unfallversicherung? - Nein? - Schade! Aber wenn Sie eine benötigen, rufen Sie mich doch bitte an, ich könnte Ihnen dann ein tolles Angebot unterbreiten. Bei welcher Unfallversicherung werden Sie schon persönlich von einem Engel betreut? Sicherer geht es doch wirklich nicht mehr."

Dann hörte man ganz deutlich ein lautes Lachen aus dem Telefonhörer und Gabriel musste wieder warten, bevor er seine Rückrufnummer nennen konnte. Als er sich verabschiedet hatte, legte er zufrieden den Hörer auf.

Gabriel strahlte.

"Und? Was sagt ihr jetzt? So lange hat noch kein Telefonat gedauert." Zufrieden lehnte er sich zurück und sah seine Kollegen an.

Maria schüttelte den Kopf und sagte: "Eigentlich verstößt das ja gegen unsere Absprache, aber vielleicht ist der Job ja dann nicht mehr so frustrierend. Und wer weiß, vielleicht melden sich die Leute ja wirklich zurück." Maria ging zu ihrem Arbeitsplatz. "Ich glaube, ich probiere das auch mal aus und sage, wer ich wirklich bin."

Gabriel nickte und sah die anderen an: "Ich weiß noch nicht einmal, ob man mir wirklich geglaubt hat. Das klingt ja eher alles ein bisschen wie aus der Luft gegriffen, wenn ich die Wahrheit sage." Aber dann ergänzte er fröhlich: "Aber was soll`s, die Wahrheit ist oft zu unwahrscheinlich, als dass man sie glauben könnte. Aber je fragwürdiger etwas erscheint, umso eher wird einem ja zugehört!"

Die Anwesenden lachten. Da hatte Gabriel wirklich recht. Die Wahrheit ist wohl oft das Unglaublichste überhaupt!

Der Weihnachtsball

Schon von weitem konnte man festliche Musik aus dem großen Ballsaal hören und warmes Licht schien aus den großen Fenstern hinaus auf die mit Schnee bedeckte Straße. Wie in jedem Jahr hatte der Nikolaus zum großen Weihnachtsball eingeladen.

Und sie kamen alle: die Engel, die Lebkuchenmänner, die Printen, die Weihnachtskugeln und sogar die Holzfiguren aus der Weihnachtskrippe wollten sich das Fest auch in diesem Jahr nicht entgehen lassen.

Noch immer strömten viele Gäste in den Eingangsbereich des großen Ballsaales und man hörte, wie sie sich begrüßten, miteinander scherzten und fröhlich lachten.

Der Nikolaus, der in der strahlend beleuchteten Eingangshalle des Ballsaales stand und es sich nicht nehmen ließ, alle Gäste persönlich zu begrüßen, freute sich darüber, dass so viele seiner Einladung gefolgt waren.

„Schön, dass ihr auch da seid", sagte er zu einer Gruppe von Engeln, die nahezu schwebend die Eingangshalle betreten hatten. „Ich wünsche euch einen wunderschönen Abend!"

Dann widmete er sich den nächsten Ankommenden und schaute irritiert auf die Gästeliste. Hatte er die Zimtsterne wirklich eingeladen? Tatsächlich, die Zimtsterne standen auch auf der Liste. Er räusperte sich: „Ich grüße euch, meine lieben Zimtsterne", sagte er schnell.

„Wir haben uns sehr auf den heutigen Abend gefreut", sagte einer der Zimtsterne. „Wir hatten schon Angst, du würdest uns nicht mehr einladen. Aber jetzt freuen wir uns umso mehr, dass wir hier sein dürfen."

Die Zimtsterne machten sich auf den Weg in Richtung Ballsaal und der Nikolaus prüfte noch einmal die Gästeliste. „Hoffentlich geht das gut", dachte er. „Ich hätte mich nicht auf die Technik verlassen sollen, sondern alle Einladungen noch mal prüfen müssen. Die Zimtsterne haben doch letztes Jahr so viel getrunken, so dass sich einige andere Gäste über sie beschwert haben. Na gut! Ich kann jetzt nichts mehr ändern." Dann wandte sich der Nikolaus wieder neu eingetroffenen Gästen zu.

Gut gelaunt hatten die Zimtsterne zwischenzeitlich den großen Ballsaal erreicht und schauten sich um.

„Wow!", sagte einer von ihnen. „Die Dekoration ist noch schöner als letztes Jahr. Und schaut mal das Orchester und wo ist denn…?" Die Zimtsterne schauten sich um. „Wo ist denn…?" Dann schrie einer auf:

"Da! Ich hab die Bar gefunden! Folgt mir, Freunde! Ich kann vor Durst kaum noch geradeaus laufen", sagte er und lachte laut auf.

Schnurstracks liefen die Zimtsterne auf die Bar zu. Einige Gäste, die ihnen im Weg standen, sprangen schnell zur Seite, andere tuschelten bereits miteinander. Nur zu gut konnten sie sich noch an die betrunkenen Zimtsterne im letzten Jahr erinnern.

Als die Zimtsterne die Bar erreicht hatten, riefen sie den Lebkuchenmann, der die Bar betreute, gleich zu sich: „Eine Flasche Wodka! Und für jeden von uns ein Glas!"

Der Lebkuchenmann wollte sich zunächst weigern, besann sich aber dann eines Besseren und sagte: „Hier habt ihr, meinetwegen! Wenn der Nikolaus euch dieses Jahr wieder eingeladen hat, wird das wohl okay sein."

Dann schob er die Flasche und die Gläser über den Tresen zu den Zimtsternen herüber.

Der Weihnachtsball war schon nach kurzer Zeit ein rauschendes Fest: Ein Orchester spielte die schönsten Lieder und viele Paare hatten sich auf der Tanzfläche versammelt und drehten sich im Rhythmus der Musik. Es wurde geplaudert, gelacht, gegessen und getrunken und alle amüsierten sich.

Plötzlich hörte man Tumult aus der Richtung, in der die Bar stand.

„Esch will jez singen", lallte einer der Zimtsterne und lehnte sich an die Bar, um nicht umzufallen. „Einer muss doch Schtimmung machen", sagte er. Die anderen Zimtsterne schauten sich mit trüben Augen an und nickten zustimmend. „Recht hat `r", bestätigte ein anderer Zimtstern kaum noch verständlich und begann, gefährlich zu schwanken.

„Ein Dankeschönlied für die Einladung is schon ange-bracht!", befand auch ein anderer Zimtstern und schon begannen sie lautstark zu singen: „Niklaus komm in unser Haus. Pack die großen Taschen aus. Lustig, lustig, tralalalala, heut ist Niklausabend da, heut is Niklausabend da."

Die Stimmen schallten quer durch den Saal und Unruhe machte sich breit.

„Ich glaube, du musst dich mal um die Zimtsterne kümmern", sagte einer der Gäste zu dem Nikolaus und zeigte in Richtung Bar.

„Oh nein!", erwiderte dieser. „Nicht schon wieder!" Er durchquerte den Tanzsaal mit großen Schritten und ging Richtung Bar, wo die Zimtsterne sich untergehakt hatten und zu selbst gedichteten Weihnachtsliedern schunkelten.

„Am Weihnachtsbaume, die Lüschter klemmen..."

„Hört auf zu singen!", befahl der Nikolaus den Zimtsternen.

„Stihille Nacht, Heilige Nacht, hast du uns nix mitgebracht?" Die Zimtsterne prusteten los und es schien, als würden sie sich nicht mehr lange auf den Beinen halten können.

„Die haben mehrere Flaschen Wodka getrunken", rief der Lebkuchenmann.

„Würdet ihr jetzt bitte aufhören zu singen?", bat der Nikolaus die Zimtsterne. „Ihr macht die ganze Stimmung kaputt."

Mit Spannung beobachteten die anderen Gäste den Nikolaus und die Zimtsterne.

„Oh Tannenbaum! Oh Tannenbaum! Warum is Knecht

Ruprecht abgehaun?", lallten die Zimtsterne.

„Wer ist denn der Mann mit dem langen weißen Bart?", fragte einer der Zimtsterne und zeigte auf den Nikolaus. „Der sieht ja lustig aus!", lachte er laut los.

„Jetzt reichts!", rief der Nikolaus. „Los! Helft mir alle", sagte er zu den anderen Gästen, „ich habe eine gute Idee, wie uns die Zimtsterne das Fest nicht weiter verderben. Schnappt euch die Zimtsterne und folgt mir!"

Die Zimtsterne wehrten sich kaum noch, da sie zu sehr betrunken waren. Sie konnten kaum noch stehen und mussten getragen werden.

Schon nach kurzer Zeit ertönte wieder Musik und das Fest kam langsam wieder in Schwung. Die Gäste redeten und tanzten und manchmal schauten sie nach oben zur Decke und amüsierten sich: Hier lagen die Zimtsterne in einem großen Netz über der Tanzfläche und schliefen tief und fest. Auf ihrem Zimtüberzug spiegelten sich die Lichter der Glühlampen und so sah die Decke wie ein leuchtender Sternenhimmel aus.

Der Nikolaus lachte. Vielleicht sollte ich die Zimtsterne nächstes Jahr wieder einladen, dachte er sich, allerdings nicht als Gäste, sondern als Dekoration. So eine schön beleuchtete Tanzfläche hatten wir ja noch nie.

Die Suche

"Ich halte das nicht mehr aus", sagte Maria zu Josef und blickte unruhig in die außergewöhnlich große Säuglingsstation, in der viele kleine Kinderbetten standen und viele Menschen aufgeregt hin und her rannten.

"Bleib ganz ruhig", sagte Josef zu ihr. "Alles wird wieder gut. Wir müssen nur Vertrauen haben."

Aber sein Blick drückte nur Verzweiflung und Unsicherheit aus. Wo war nur das Jesuskind geblieben? Was, wenn es nicht mehr gefunden werden würde oder wenn ihm etwas Ernsthaftes passiert wäre? Gar nicht auszudenken, was das für einen Tumult in der Krippe auslösen würde. Josef versuchte, diese Gedanken zu verdrängen, doch das fiel ihm sehr schwer.

Plötzlich wurden Maria und Josef von einer Krankenschwester angesprochen: "Könnten Sie uns bitte nochmals kurz erklären, wie Ihr Kind aussieht?"

Maria schluckte. "Wie das Jesuskind aussieht?" Sie stotterte: "Es sieht aus wie ein Baby eben aussieht: zwei Arme, zwei Beine und es ist noch sehr klein…"

"Es sieht aus wie ein ganz normales Baby, aber es ist etwas ganz Besonderes", platzte es aus Josef ungeduldig heraus.

"Das sind sie doch alle", bekam er als Antwort zu hören.

Maria war den Tränen nahe. "Ich will mein Baby wiederhaben", sagte sie mit Tränen unterdrückter Stimme und Josef legte seinen Arm tröstend um Marias Schultern.

"Gedulden Sie sich noch einen Augenblick. Wir haben bald wieder alles im Griff. Vielleicht gibt es aber das ein oder andere Merkmal, das Ihr Baby besonders auszeichnet? Das würde uns sicher bei der Suche helfen."

Maria und Josef schauten sich ratlos an. Wie sollte man das Jesuskind denn beschreiben? Es hatte doch keine Krone auf seinem Kopf oder einen Heiligenschein. Natürlich war es etwas Besonderes, aber das war doch nicht sichtbar. Das Jesuskind trug das Besondere doch in seinem Innern - in seinem Herzen! Und wie sollte man das beschreiben?

Josef zuckte mit den Schultern. "Hören Sie, es muss doch irgendwie möglich sein, unser Baby zu finden", sagte er, "gestern war es doch noch da, es lag doch dort in dem Bettchen."

"Ja, sicher", bekam er zur Antwort. "Aber heute Morgen wurden alle Babys nacheinander gebadet und leider haben die neuen Hilfsschwestern alle Armbänder mit den Namen auf einen Schrank gelegt und dort vergessen. Und als sie die Armbänder nachher wieder den Babys zuordnen wollten, waren sie sich nicht mehr sicher, welches Armband zu welchem Baby gehört. Das wird aber sicher nicht wieder vorkommen", ergänzte die Krankenschwester und es sollte wohl wie eine Entschuldigung klingen.

"Ich hätte das Kind in der Krippe bekommen sollen und nicht hier im Krankenhaus", sagte Maria verzweifelt und wurde wütend auf Josef. Immerhin war es seine Idee gewesen, das Kind dort zu gebären, wo es seiner Meinung nach gut aufgehoben war. Und jetzt war das Jesuskind weg. "Das war keine gute Idee", sagte sie. "In der Krippe wäre das nicht passiert. Was machen wir, wenn jemand die Babys verwechselt und das Jesuskind mit nach Hause nimmt? Wir bekommen es bestimmt nie wieder."

Sie betrachtete ratlos den großen

Raum der Säuglingsstation.

Aufgebrachte Eltern gingen suchend von einem Bett zum anderen und schauten sich die darin liegenden Babys an. Alle waren auf der Suche nach ihrem Baby. Dazwischen rannten aufgeregte Krankenschwestern hin und her und manchmal hörte man einen Jubelschrei, wenn ein Baby seinen Eltern übergeben werden konnte.

"Wir haben uns doch schon alle Babys angeschaut und wir haben es nicht gefunden", sagte Maria entmutigt und verzweifelt.

"Sie haben es sicher nur über-sehen", sagte die Kranken-schwester. "Spätestens wenn alle Eltern ihre Babys gefunden haben, bleibt ja eines übrig und das muss ja dann Ihr Baby sein", versuchte sie Maria zu trösten. Maria seufzte schwer.

In diesem Moment öffnete sich die Tür und eine der Hilfsschwestern, die das Chaos angerichtet hatten, hielt ein Baby in den Armen. Sie ging geradewegs auf Maria zu und übergab ihr stillschweigend das Jesuskind.

Glücklich aber erstaunt blickten Maria und Josef die Hilfsschwester an. "Können Sie uns das erklären?", fragte Josef nach einer Weile.

"Ich fürchte, ich kann es nicht richtig erklären", sagte die Hilfsschwester, "aber als ich heute Morgen dieses Baby gebadet habe, hatte es eine ganze besondere Ausstrahlung. Es hat mich angeschaut, als hätte es etwas Königliches und doch hatte es nichts Herablassendes. Es gab mir ein Gefühl von Sicherheit und Vertrauen, obwohl es doch noch so klein ist." Sie wurde rot und wusste nicht, ob man ihr glauben würde. Das Sprechen fiel ihr nicht leicht. "Als ich dann das Chaos gesehen habe, das wir angerichtet haben, hatte ich das Gefühl, dass ich das Baby erstmal in Sicherheit bringen muss. Darum habe ich es erstmal in einem Nebenzimmer in ein Bett gelegt."

Nach einer kurzen Pause sagte sie dann: "Als ich Sie dann hier stehen sah, wusste ich, dass es Ihr Kind sein muss." Sie holte tief Luft und fuhr dann fort: "Es tut mir leid, dass Sie sich Sorgen um Ihr Baby gemacht haben und ich kann es leider nicht rückgängig machen, aber ich habe das Gefühl, dass Ihr Baby etwas ganz Außergewöhnliches ist und in seinem Leben noch viele Menschen für sich gewinnen wird."

Maria und Josef nickten zustimmend und eigentlich hätten sie es wissen müssen: Ihr Baby war wirklich etwas ganz Außergewöhnliches und das konnte jeder bemerken, der es sah. Nie im Leben hätte es mit einem anderen Baby verwechselt werden können!

Dominosteine

"Was machst du denn hier?", fragte der Dominostein.

"Ich? Ich bin ein Dominostein. Ich gehöre in diese Verpackung."

"Du willst ein Dominostein sein? Schau dich doch mal an!"

Der Dominostein schaute an sich herunter. Dann schaute er sich um und erschrak. Alle Dominosteine um ihn herum waren dunkelbraun, nur er war ganz weiß. "Wie kann das sein?", fragte er verdutzt. "Wieso bin ich nicht so braun wie du?"

"Vielleicht bist du in der Sonne ausgeblichen", bekam er als Antwort zu hören.

"Oder du bist in einen Farbtopf gefallen", ließ sich ein anderer dunkelbrauner Dominostein vernehmen.

"Da hat dir ja jemand einen ganz

üblen Streich gespielt." Mehrere Dominosteine lachten. "Jedenfalls gehörst du nicht zu uns. Sieh zu, dass du verschwindest!"

Traurig blickte sich der weiße Dominostein um. Wie sollte er denn verschwinden? Die Packung war doch verschlossen und überhaupt, wo hätte er hingehen sollen? Er konnte doch schlecht ohne Verpackung im Verkaufsregal liegen, da würde ihn doch niemand kaufen wollen. Der Dominostein war ratlos und schluchzte.

"Heulsuse", sagte einer der dunkelbraunen Dominosteine und lachte.

"Seid nicht so gemein zu ihm", schaltete sich ein weiterer Dominostein ein. "Dass er nicht zu uns gehört, ist ganz klar. Er ist ja nicht mit Zartbitter-schokolade überzogen. Aber einfach wegschicken können wir ihn auch nicht. Er müsste die Verpackung öffnen und die bekämen wir nie wieder richtig zu. Dann würde uns auch keiner mehr kaufen."

"Uns kauft sowie keiner mehr mit dem weißen Dominostein in der Verpackung", meldete sich ein anderer zu Wort. "Wir sind ja quasi eine Fehlproduktion."

"Habt ihr ein Problem da oben?", ließ sich eine Stimme aus der unteren Lage der Verpackung vernehmen.

"Problem? Ja! So könnte man es ausdrücken. Es befindet sich ein weißer Dominostein in unserer Verpackung."

Die Stimme aus der unteren Verpackungslage lachte. "Aber worin liegt denn da das Problem? Er ist doch ein Dominostein wie jeder andere auch."

"Ach! Findest du? Das ist doch nicht normal. Dominosteine müssen mit dunkler Zartbitterschokolade überzogen und dunkelbraun sein."

"Dunkelbraun?", ließ sich die Stimme aus der unteren Lage wieder vernehmen. "Dunkelbraun? Dann schau mal vorsichtig an der Seite zu uns herunter."

Einer der dunkelbraunen Dominosteine zog den Zwischenboden der Verpackung vorsichtig zur Seite und staunte nicht schlecht. Die untere Lage der Verpackung war voll mit weißen Dominosteinen. Er schluckte. "Da ist alles ganz weiß", teilte er den dunkelbraunen Dominosteinen erschrocken mit. "Ganz viele und alle ganz weiß."

Die Zartbitter-Dominosteine waren geschockt. Seit wann gab es denn weiße Dominosteine? Sie waren doch immer nur dunkelbraun gewesen.

"Und es kommt noch besser!", rief einer der weißen Dominosteine nach oben, "in der untersten Lage liegen welche mit Vollmilchschokolade, die sind auch heller als ihr."

"Was?", rief ein erstaunter dunkelbrauner Dominostein laut aus. "Dominosteine mit Vollmilchschokolade? Wo kommen die denn her?" Unruhe machte sich unter den dunkelbraunen Dominosteinen breit. Bisher waren sie davon überzeugt gewesen, dass es sie nur mit dunkelbrauner Zartbitterschokolade gibt. "Oh je! Wenn es neue Varianten von Dominosteinen gibt, wird uns keiner mehr kaufen wollen", ließ sich eine zitternde Stimme vernehmen. "Wir sind dann sicher nicht mehr beliebt und werden bestimmt nicht mehr auf die Weihnachtsteller gelegt!"

"Auf jeden Fall bin ich also auch ein richtiger Dominostein", stellte der weiße Dominostein in der obersten Lage der Verpackung erleichtert fest. "Wenn es noch mehr von mir gibt, kann ich also nicht falsch sein." Er freute sich sehr. "Und es gibt auch welche mit Vollmilchschokolade, ist das nicht toll?" Vergnügt schaute er sich um und stellte fest, dass die Zartbitter-Dominosteine verängstigt waren.

"Wovor habt ihr denn solche Angst?", fragte er sie, "es ist doch alles in Ordnung, außer, dass ich versehentlich in eurer Reihe liege."

"Wenn es alleine schon drei verschiedene Sorten von Dominosteinen in unserer Verpackung gibt, wie viele mag es denn noch geben, die wir nicht kennen?", bekam er zur Antwort. "Uns mag dann bestimmt keiner mehr kaufen."

Der weiße Dominostein lachte: "Das ist doch völlig egal, wie viele verschiedene Dominosteine es gibt. Die Menschen scheinen uns doch alle zu mögen, sonst würden wir doch nicht zusammen in einer Verpackung liegen. Wichtig ist doch eigentlich nur, dass wir uns nicht als Konkurrenz, sondern als Bereicherung ansehen. Immerhin machen wir die Weihnachtsteller dadurch noch bunter und wer könnte da etwas dagegen haben?"

Heilig Abend

"Wann essen wir denn endlich?", fragte Oma, die bereits vor einer halben Stunde am Esstisch Platz genommen hatte. Sie schaute ihren Schwiegersohn und Beate, ihre Enkelin, ungeduldig an.

Aber niemand antwortete ihr.

"Wann wir essen, will ich wissen!", rief sie in den Raum hinein so laut sie konnte.

"Mama! Oma hat Hunger!", rief Beate in Richtung Küche. "Beeil dich mit dem Kochen."

Aus der Küche war kein Ton zu vernehmen.

"Hast du mich gehört?", rief Beate lauter.

Mit erhobenem Kochlöffel stürmte die Mutter aus der Küche. "Wie redest du denn mit mir?", fragte sie ihre Tochter. Beate schrak zusammen. "Ist ja schon gut", stammelte sie, "Entschuldigung."

"Ist das Essen fertig?", schaltete sich Oma aufgeregt ein. "Das wurde ja auch Zeit!"

Blitzschnell hatte sie sich die Serviette auf den Schoß gelegt und hielt das Besteck in der Hand. "Ich wäre dann soweit!"

Die Mutter schaute Oma an. "Nein, das Essen ist noch nicht fertig", sagte sie genervt und verschwand wieder in der Küche.

"Oma, wir essen erst später!", sagte Beate laut und deutlich zu ihrer Oma. "Du musst noch etwas warten. Mama ist noch nicht fertig."

"Habt noch etwas Geduld", schaltete sich der Vater ein. Er bevorzugte es zwar, sich lieber nicht einzumischen, wenn es Stress im Haushalt gab, aber heute war halt ein besonderer Tag und er wollte erst gar keine schlechte Stimmung aufkommen lassen. "Heute ist Heilig Abend und da möchte Mama eben, dass es besonders gut schmeckt. Und das dauert halt ein wenig länger", verkündete er.

"Ist ja schon gut", sagte Beate. "Es ist ja nur wegen Oma! ICH kann warten!"

"Hat mich jemand gerufen?", fragte Oma plötzlich.

"Nein!", sagte der Vater etwas lauter. Seit Oma schlecht hörte, konnte es wirklich anstrengend mit ihr sein.

Aus der Küche rumorte es. Die Mutter war wieder voll in Aktion und schien sich selbst übertreffen zu wollen.

Eigentlich hatte sich die Familie wie jedes Jahr vorgenommen, zum Essen in ein Restaurant zu gehen, aber dann hatte die Mutter angekündigt, dass sie an Heilig Abend kochen würde. "Ich glaube kaum, dass es in einem Restaurant mit fremden Menschen so gemütlich sein kann wie zu Hause. Schließlich ist Heilig Abend und da will man ja unter sich sein!" Mit diesem Satz hatte sie die Diskussion um das Weihnachtsessen unter dem Protest ihrer Familie beendet. Der Vater hatte nur verständnislos den Kopf geschüttelt und auch Oma und Beate schienen von dieser Entscheidung nicht begeistert zu sein.

Schließlich hatte Mutter noch angekündigt, dass es etwas ganz Besonderes an Heilig Abend zu essen geben würde und an diesem Tag niemand die Küche betreten dürfe. Fragend hatten sich die drei anderen angeschaut, aber an dieser Entscheidung gab es wohl nichts mehr zu Rütteln.

Aber lange konnte es ja jetzt nicht mehr dauern, immerhin hatte Mutter schon die letzten vier Stunden ausschließlich in der Küche verbracht.

"Ich verhungere", murmelte Oma vor sich hin und seufzte. Resigniert legte sie das Besteck vor sich auf den Tisch. "Ich habe den ganzen Tag kaum etwas gegessen und habe mich so auf das Abendessen gefreut."

"So schnell verhungert man nicht", beschwichtigte der Vater seine Schwiegermutter. "Hab noch ein wenig Geduld. So lange kann das mit dem Kochen nicht mehr dauern."

Im gleichen Moment erschien die Mutter mit zwei dampfenden Schüsseln in der Zimmertür und stellte diese auf dem Tisch ab. Sie lächelte kurz und rannte wieder zurück in die Küche.

Oma war glücklich und auch dem Vater und Beate waren anzusehen, dass sie froh darüber waren, dass es endlich etwas zu essen gab. Schließlich war es wirklich etwas spät geworden mit dem Abendessen. Aber jetzt war es ja endlich soweit.

Wieder kam die Mutter aus der Küche gelaufen und hielt eine weitere dampfende Schüssel in der Hand. "So!", sagte sie und stellte die Schüssel auf dem Tisch ab.

Vater und Tochter setzten sich neben Oma an den Tisch und auch die Mutter setzte sich hin.

"Der Herd ist noch an!", schrie Mutter plötzlich, sprang auf und rannte in die Küche. Kurze Zeit darauf kam sie wieder zurück ins Zimmer und setzte sich erneut an den Tisch. "Tut mir leid, dass es etwas länger gedauert hat", sagte sie entschuldigend, "aber es war doch wesentlich aufwändiger, als ich gedacht habe."

Mutter sah ziemlich mitgenommen aus. Eine Haarsträhne klebte auf ihrer Stirn und sie hatte kleine Schweißperlen auf der Oberlippe. Auch hatte sie tiefe schwarze Ränder unter den Augen und ihr sonst so offener Blick wich dem verschwommenen trüben Ausdruck der Müdigkeit.

"Willst du nicht wenigstens die Schürze ausziehen?", fragte der Vater. "Wir wollen es doch schließlich alle etwas gemütlich haben."

"Ach ja, die Schürze", sagte die Mutter und sprang erneut auf. Sie zog die Schürze aus und überlegte, wohin sie diese legen könnte. Ihr Blick wanderte durch das Zimmer. Nein! Eine Schürze gehörte nun mal nicht hierher. "Ich bringe sie schnell in die Küche", sagte sie schließlich und verschwand.

"Aber beeil dich!", rief die Tochter. "Das Essen wird kalt!"

"Können wir jetzt endlich essen?", meldete sich Oma

wieder.

Der Vater schaute die Oma böse an, aber diese erwiderte seinen Blick unerschrocken. Oma musste wirklich großen Hunger haben.

"Gut, dass du kommst", sagte der Vater schließlich erleichtert, als seine Frau das Zimmer erneut betrat. "Ich glaube, wir sollten jetzt essen."

"Ja, ja", sagte seine Frau dann und atmete tief durch. "Jetzt ist alles fertig und wir können anfangen. Guten Appetit zusammen!"

Eilig griffen alle nach den jetzt nur noch leicht dampfenden Schüsseln und füllten die Teller randvoll bis oben hin. Es sah fast so aus, als hätten sie seit Tagen nichts mehr zu essen bekommen.

Niemand sprach jetzt mehr und der Raum wurde erfüllt mit

lautem Schmatzen. Kauend sagte der Vater schließlich: "Hm, schmeckt das gut!" Die Tochter nickte zustimmend.

"Mir schmeckt es auch", sagte die Oma und füllte sich den Teller bereits zum zweiten Mal, obwohl sie den Mund noch immer voll hatte.

Aber auch der Vater und Beate ließen sich nicht lange bitten und nahmen jeweils noch eine zweite Portion vom guten Essen.

Plötzlich gab es einen lauten Schlag und Oma, Vater und Beate schauten sich nur kurz an. Mutter war vornüber auf ihren Teller gekippt.

"Nicht schon wieder", sagte Oma nur und schüttelte den Kopf.

Benommen richtete Mutter sich wieder auf: "Ich muss wohl eingenickt sein", sagte sie etwas verstört und versuchte zu lächeln. "Hier", sagte der Vater und reichte ihr eine Serviette. Die Mutter tupfte sich Soße aus dem Gesicht. Ihr Lächeln sah gequält aus. "Entschuldigung, ich wollte euch nicht erschrecken."

"Du hast dich überanstrengt", sagte der Vater dann und wendete sich wieder seinem Teller zu.

Auch Oma und Beate hatten schon wieder mit dem Essen angefangen. Es schien fast so, als hätten sie den Vorfall bereits vergessen.

Müde betrachtete die Mutter ihre Familie. "Na, ja, immerhin schmeckt es", dachte sie sich. "Aber vielleicht sollte ich nächstes Jahr doch auf meine Familie hören und wir sollten Heilig Abend in ein Restaurant gehen. Vielleicht ist es ja auch mit anderen Menschen gemütlich. Jedenfalls habe ich keine Lust mehr, jedes Jahr an Heilig Abend mit dem Kopf auf dem Teller aufzuschlagen."

Moderne Zeiten

In den letzten Tagen war auf dem Marktplatz gehämmert und gesägt worden und in Kürze waren zwei Dutzend weihnachtliche Verkaufsbuden entstanden. Lichterketten, Tannenbäume und viele goldene Sterne verstärkten den festlichen Eindruck und sorgten für eine gemütliche und feierliche Atmosphäre.

In der Mitte des Marktplatzes befand sich eine ganz besonders schöne Holzhütte mit einem großen Stern auf dem Dach. Die Holzhütte war nach vorne hin offen und so hatte man einen freien Blick in das Innere des Raumes.

„Und das soll also jetzt die Krippe werden?", fragte der Handwerker, der mit seinem jüngeren Kollegen vor der leeren Hütte stand. Der Kollege nickte. Dann betrachteten beide eine große Anzahl Kisten, die neben der Hütte abgestellt worden waren. „Und da müssten ja dann alle Figuren drin sein! Da bin ich ja mal gespannt, wie das aussieht, wenn alles fertig ist."

Einer der Handwerker öffnete eine der großen Kisten, wühlte sich durch die Holzwolle und hob schließlich eine fast lebensgroße Figur aus der Kiste heraus. „Die ist ziemlich schwer", bemerkte er und stellte die Figur auf den Boden. Er beseitigte die restliche Holzwolle und entfernte die Schutzfolie. Zum Vorschein kam eine Frauenfigur.

Er staunte nicht schlecht. „Die sieht ja aus wie die Maria", sagte er zu seinem jüngeren Kollegen. „Das Kleid, der Umhang. Sehr gute Arbeit!"

„Und das Gesicht sieht auch ziemlich echt aus", ergänzte sein Kollege. „Da bin ich ja mal auf die anderen Figuren gespannt!"

Die beiden machten sich an die

Arbeit, öffneten eine Kiste nach der anderen und beförderten Josef, Jesus, einen Esel und einen Ochsen, zwei Hirten und einen Engel sowie fünf Schafe zu Tage. In den kleineren Kartons befanden sich dann eine Holzkrippe und diverses Zubehör, wie z. B. eine Öllampe, Hirtenstäbe und noch vieles mehr. Aber es sah alles noch sehr unübersichtlich aus.

Nachdem die beiden Handwerker alle Figuren gesäubert und die Schutzfolien entfernt hatten, waren sie ganz begeistert.

„Wahnsinn, wie echt das alles aussieht", sagte der jüngere Handwerker.

„Aber das Beste kommt noch", sagte sein Kollege. „Die Figuren sind vollautomatisch und können sich bewegen." Er hob ein dickes Buch mit der Aufschrift *Gebrauchsanweisung für automatische Krippenfiguren* hoch.

„Uff!", sagte der jüngere Handwerker. „Das ist ja ein ganz schön dickes Buch. Ich glaube aber, die Gebrauchsanweisung brauchen wir nicht. Die Funktionen kann man ja auch per Fernbedienung einstellen, das ist bestimmt kinderleicht!"

Die beiden Handwerker trugen alle Figuren in die leere Holzhütte und platzierten Maria und Josef rechts und links neben der Krippe mit dem Jesuskind. Der Esel und der Ochse wurden in einer Ecke der Hütte auf Stroh gestellt und der Engel, die Hirten und die Schafe fanden vor der Hütte einen geeigneten Platz.

Zufrieden schauten sich die beiden Handwerker an. Das sah doch alles schon sehr gut aus.

„Prima! Dann wollen wir die Figuren mal zum Leben erwecken", sagte der jüngere Handwerker und nahm die

Fernbedienung in die Hand. Gespannt drückte er die Taste ON und wartete, aber nichts geschah. „Hm", sagte er und drückte erneut die Taste ON. Erst ganz leicht, dann immer fester und schließlich hielt er den Knopf einfach gedrückt.

„Guten Tag", sagte endlich eine automatische Frauenstimme aus dem kleinen Lautsprecher der Fernbedienung.

„Na also, geht doch! Man muss nur wissen wie!", sagte der jüngere Handwerker und sah seinen Kollegen triumphierend an.

„Drücken Sie bitte die Taste MENÜ", ließ sich die Frauenstimme vernehmen.

Der Handwerker drückte auf MENÜ.

„Vielen Dank!", sagte die Stimme. „Sie werden durch das Menü geführt." Dann fuhr die

Stimme fort: „Möchten Sie zunächst die Einstellung für Maria vornehmen? Wenn JA, drücken Sie die EINS, wenn NEIN, drücken Sie bitte die ZWEI. Sie werden dann zur nächsten Figur geführt."

„Dann nehmen wir uns doch gleich mal die Maria vor", sagte der Handwerker zu seinem Kollegen und drückte die Ziffer EINS auf der Tastatur.

„Vielen Dank!", sagte die weibliche Stimme. „Sie haben jetzt die Möglichkeit, Maria einzustellen. Wenn Maria sich hinknien soll, drücken Sie die EINS, soll Maria sich demütig zur Krippe hin verbeugen, drücken Sie bitte die ZWEI. Möchten Sie, dass Maria nichts tut, drücken Sie bitte die DREI und Sie kehren zum Hauptmenü zurück. Nach Betätigung der Tasten EINS oder ZWEI werden die Hände von Maria automatisch zum Gebet gefaltet."

„Ich finde, sie sollte was tun",
sagte der jüngere Handwerker
und lachte. „Ich drücke Nummer
EINS. Dann kniet sie nieder. Das
ist doch stilvoll und
angemessen."

Der Handwerker drückte die
Ziffer EINS und Maria setzte sich
in Bewegung. Zunächst sah es
so aus, als würde sie vornüber
kippen, als ihr Ober-körper sich
nach vorne beugte, aber dann
richtete sie sich wieder auf und
wurde langsam immer kleiner.

Die beiden Handwerker
schauten sich an. „Ah, ich
verstehe!", sagte der jüngere
Handwerker schließlich. „Die
Beine werden quasi ineinander
geschoben und durch den
Umhang sieht man ihre Beine
nicht. Das sieht dann so aus, als
würde sie knien. Raffiniert."

Maria war zwischenzeitlich fast
um die Hälfte kleiner geworden,
hatte mit einem Ruck die
Unterarme nach oben ange-

winkelt und die Hände zum Gebet vor dem Oberkörper gefaltet.

„Sehr schön!", sagte der Handwerker zufrieden. „Dann wollen wir uns mal an den Josef ranmachen."

„Lass mich auch mal!", sagte sein Kollege und nahm dem jüngeren Handwerker die Fernbedienung aus der Hand. Dann drückte er die Taste MENÜ.

„Vielen Dank!", sagte die Stimme. „Sie werden durch das Menü geführt. Möchten Sie zunächst die Einstellung für Maria vornehmen? Wenn JA, drücken Sie die EINS, wenn NEIN, drücken Sie bitte die ZWEI. Sie werden dann zur nächsten Figur geführt."

Er drückte die ZWEI.

„Vielen Dank!", sagte die weibliche Stimme. „Sie haben jetzt die Möglichkeit, Josef einzustellen. Wenn Josef sich hinknien soll, drücken Sie die EINS, soll Josef sich demütig zur Krippe hin verbeugen, drücken Sie bitte die ZWEI. Möchten Sie, dass Josef nichts tut, drücken Sie bitte die DREI und Sie kehren zum Hauptmenü zurück. Nach Betätigung der Tasten EINS oder ZWEI werden die Hände von Josef automatisch zum Gebet gefaltet."

„Wir können ja mal schauen, wie das aussieht, wenn Josef auch kniet", sagte der jüngere Handwerker und sein Kollege drückte die ZWEI.

Die Figur von Josef ruckelte etwas, beugte den Oberkörper nach vorn und wieder zurück.

„Gleich fährt er die Beine ein", lachte der jüngere Handwerker.

Doch die Figur beugte den Oberkörper wieder nach vorn und wieder zurück. Dann wieder nach vorn und wieder zurück und wieder und wieder, aber sie kniete sich nicht hin.

„Schalt den Josef ab!", rief der jüngere Handwerker aufgeregt. „Der geht noch kaputt." Panik lag in seiner Stimme. Die Figuren waren bestimmt sehr teuer gewesen.

Der Handwerker drückte den MENÜ-Knopf, doch Josef hörte nicht auf, seinen Oberkörper auf und ab zu beugen. Durch die ständig ruckartigen Bewegungen war er schon leicht ins Schwanken geraten.

„Um Himmels Willen! Gleich fällt er um!", schrie der jüngere Handwerker und stürzte sich auf die Figur. Im gleichen Moment beugte sich Josefs Oberkörper wieder nach vorn und schlug dem jüngeren Handwerker gegen die Brust. Der Handwerker schnappte nach Luft, fiel zu Boden und blieb benommen liegen. Aus dem Gleichgewicht gebracht, kippte nun auch die

Josefsfigur um und stürzte auf den Handwerker.

„Ach du liebe Zeit!", rief sein Kollege, „wie schaltet man das verdammte Ding denn ab?"

Panisch drückte er die MENÜ-Taste.

„Vielen Dank!", sagte die Stimme. „Sie werden durch das Menü geführt. Möchten Sie zunächst die Einstellung für Maria vornehmen? Wenn JA, drücken…"

„Nein!" schrie der Handwerker nervös. „Nein! Nein! Nein!" Er drückte wie wild auf allen Tasten herum.

Die Josefsfigur, die noch immer auf dem jüngeren Handwerker lag, zog jetzt langsam die Beine ein und die Marienfigur begann, sich langsam zu erheben. Gleichzeitig schaltete sich ein Lautsprecher ein und das Jesuskind begann zu schreien und mit den Beinen zu strampeln. Der Esel und der Ochse schüttelten langsam die Köpfe und die Schafe begannen laut zu blöken.

„Oh nein!", schrie der Handwerker und drückte wieder auf den Tasten herum.

„Dort! Seht! Das Jesuskind!" Dieser Satz kam von einer der Hirtenfiguren, die jetzt angeschaltet worden war. Gleichzeitig hob sich der Arm des Hirten und deutete in eine unbestimmte Richtung. Hierbei stieß er den anderen Hirten, der zu nah bei ihm aufgestellt worden war, um. Krachend fiel der zweite Hirte zu Boden.

„Bitte nicht!", rief der Hand-werker ganz verzweifelt, aber das Durcheinander war jetzt perfekt. Während der jüngere Handwerker noch immer benommen unter der Josefsfigur lag, die die Beine immer wieder einzog, um sie dann wieder auszufahren und Maria sich immer wieder aufstellte und hinkniete, schüttelten der Esel und der Ochse ihre Köpfe hin und her und die Schafe blökten um die Wette. Bereits zum vierten Mal hatte der Hirte seinen Text: „Dort! Seht! Das Jesuskind!" gesprochen und seinen Arm immer wieder neu nach unten und oben bewegt.

„Das blöde Ding muss sich doch abschalten lassen!", schrie der Handwerker und schaute auf die Szenerie in der Hütte. Er wurde das Gefühl nicht los, dass die Figuren ihre Bewegungen immer schneller durchführten und es so langsam aber sicher mehr und mehr nach verbrannten Kabeln roch.

Verzweifelt warf der Handwerker die Fernbedienung auf den Boden und trat darauf! „Stopp! Stopp! Stopp!", schrie er hierbei hysterisch und schließlich zerbrach das Gerät mit einem lauten Krachen.

Augenblicklich kehrte Ruhe in der Hütte ein und alle Figuren verharrten in der Position, die sie gerade eingenommen hatten. Lediglich eines der Schafe blökte noch zweimal und erstarrte dann als letztes mitten in einem geblökten „Mäh".

Nach und nach kam der jüngere Handwerker jetzt wieder zu sich und schob die Josefsfigur von sich herunter. „Uff!", sagte er, als er aufgestanden war. Erstaunt schaute er auf die zerstörte Fernbedienung. „Was ist denn hier passiert?"

„Frag lieber nicht!", antwortete sein Kollege. „Ich finde, wir sollten die Figuren wieder einpacken und die alten aus dem letzten Jahr wieder aufstellen. Diese neue Technik ist mir nicht geheuer!"

„Gegen die Technik habe ich nichts", sagte der jüngere Handwerker daraufhin, „aber ich habe keine Lust, mich noch mal von Josef KO schlagen zu lassen. Das war alles andere als feierlich und hatte mit Weihnachten absolut nichts zu tun!"

Schneeflocken

"Aua! Du tust mir weh!", schrie die große Schneeflocke. "Nimm gefälligst deinen Kristall aus meinem Rücken!"

"Ich kann nichts dafür. Das ist sicher nicht meine Schuld, dass es hier so eng ist", verteidigte sich die andere Schneeflocke lautstark.

Dann knirschte es plötzlich und es wurde noch enger. Die Schneeflocken jammerten. "Ich bekomme ja kaum noch Luft. Ist das eng hier", rief eine der Flocken.

"Mir ist ein Kristall abgebrochen. So ein Mist!", hörte man eine andere Flocke schimpfen.

"Ich vertrage das nicht mehr. Ich bekomme immer Platzangst, wenn es so eng ist", ließ sich eine weitere Flocke vernehmen.

"Gut, dass wir das nicht das

ganze Jahr über ertragen müssen. Mir reicht das schon, wenn es in der Wintersaison so stressig ist", hörte man eine der Flocken sagen.

Die Schneeflocken waren ganz aufgeregt und alle redeten durcheinander.

"Achtung! Es geht wieder los! Festhalten!"

Sofort schlossen alle Schneeflocken die Augen, hielten sich aneinander fest und machten sich ganz klein.

Dann erfüllte ein lautes Surren und Zischen die Luft und der Wind pfiff den Schneeflocken kalt um die Ohren. Kurz darauf krachte es und mit einem großen Gestöber fielen sie alle wild durcheinander zu Boden.

Eine ganze Zeit lang war es still, doch dann ließ sich die Stimme einer Schneeflocke vernehmen: "Seid ihr alle okay? Ist bei euch alles in Ordnung?" Sie schaute sich um.

"Ich glaube, es ist alles okay", sagte eine andere Schneeflocke und nach und nach konnte man ein Stöhnen und Ächzen vernehmen und so langsam richtete sich eine Schneeflocke nach der anderen wieder auf.

"Ja, ja, es geht schon", konnte man eine sagen hören. "Ich glaube, es geht uns allen gut." Sie betrachtete die anderen. Ja, das sah wirklich gut aus. Alle Schneeflocken waren wohlauf.

"Okay, alle zusammen. Kurze Pause und dann sind wir vermutlich wieder an der Reihe!"

Die Schneeflocken schüttelten sich, richteten ihre Kristalle wieder auf und machten sich wieder bereit, zu einem Schneeball geformt zu werden. Die Schneeballschlacht war schließlich noch lange nicht zu Ende. Und, obwohl sie immer wieder jammerten, machte es ihnen doch viel Spaß wenn sie sahen, wie viel Freude Menschen daran hatten, Schneebälle aus ihnen zu formen. Da konnte es auch ruhig mal etwas enger im Schneeball werden.

Bibliographische Information der Deutschen Nationalbibliothek: Die Deutsche Nationalbibliothek verzeichnet diese Publikation in der Deutschen Nationalbibliographie; detaillierte bibliographische Daten sind im Internet über http://dnb.dnb.de abrufbar.

Herstellung und Verlag:
BoD – Books on Demand,
Norderstedt

ISBN: 978-3-7460-3446-1